그 밤 그 달빛

그 밤 그 달빛

펴낸날 2023년 9월 20일

지은이 김배숙
펴낸이 주계수 | **편집책임** 이슬기 | **꾸민이** 최송아

펴낸곳 밥북 | **출판등록** 제 2014-000085 호
주소 서울시 마포구 양화로7길 47 상훈빌딩 2층
전화 02-6925-0370 | **팩스** 02-6925-0380
홈페이지 www.bobbook.co.kr | **이메일** bobbook@hanmail.net

© 김배숙, 2023.
ISBN 979-11-5858-960-8 (03810)

※ 이 책은 충청남도, 충남문화재단의 후원으로 발간되었습니다.

그
밤
그
달
빛

김배숙 시집

밥북
B·OO·K

살갗 시린 허연 기억으로
외로움만 자라나던 가슴

배설하지 않고는
견딜 수 없었던 사연들이
내 작은 가슴에
예쁜 꽃들로 피었다

애증도 시간이 지나면
추억이 되는 법
허기진 언어들 다듬다가
내 안에 나를 만났다

그 밤 그 달빛

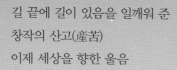

길 끝에 길이 있음을 일깨워 준
창작의 산고(産苦)
이제 세상을 향한 울음

눈물 떨군 자리마다
시어로 핀 앙증맞은 꽃들이
따뜻이 품어줄
그대 앞에 수줍게 섰습니다

2023년
김 배숙

차 례

제 4 부
우리 삶 아직도

제 5 부
그 섬은 날 기억할까

제 1 부

그 밤 그 달빛

그 밤 그 달빛

모시 등거리 뒤
동백꽃 한 송이 피어 울던 날
엄마의 외마디 비명
흙담에 납작 붙어 두려움에 떨었던 기억 생생하다

등에 핀 무시무시한 종기는 등창
똑딱 시계와 함께 커지는 염증
동백꽃보다 시뻘건 덩어리 난도질하는 돌팔이 할아범
곤달걀 같은 고름 덩이
날마다 무명천은 피고름과 눈물 배부르게 먹었다

목쉰 엄마의 비명 앞산에 막혀
메아리로 돌아와 내 가슴에서 또 울었다

아버지가 벗겨온 느릅나무 껍질 찧어 등에 붙이고
낡은 무명 치마 찢어 몸에 감아 드릴 때
등잔불 졸고 나는 흐느적대는
어둠을 보았다

찌든 살림 병원 문턱 넘기 어려워
문지방 넘어 환한 달빛 바라보며
모로 누워 흐느끼던 엄마
미음 한술 얻어먹고 울다 지친 젖먹이 동생
내 무릎 베고 손잡고 잠들 때
곁을 지킨 건 흰 달빛뿐이었다

동백꽃 피던 때부터 흘린 내 눈물
뭉텅뭉텅 하얀 찔레꽃으로 피어나고
문풍지 떨던 엄마의 신음 소리
약해질 때쯤

약상자 곁
내가 이름 지어준 별들 내려와 웃고 있었다

오늘 밤 내 무릎 위에 내려온 달빛
그 밤 그 달빛일까.

유년의 자화상

정월 대보름 쥐불놀이
달집 태우던 날 태어난
작은 계집아이를
초가지붕에서 숨어 보던 보름달

먹을 거 풍성해라
해(亥)시에 태어났지만
대소변 가릴 나이에도
밤마다 밑그림도 없이
추상화를 그리던 오줌싸개

겨울 산이 하얀 속살을 드러내는
엄동설한에도
머리에 키를 얹혀 주고
소금 한 사발 받아 오라며
사정없이 밖으로 내쫓길 때

짚가리 파고들어 앉아 서러움에 떨던 아침
한 줌 따스운 햇살만이 나를 위로했다

반쯤 열려있는 사립문이
아버지의 따뜻한 마음이었다는 건
좀 더 자라서 안 일이었다

15년 첫 붉은 꽃봉오리 피우자
앳된 젖멍울 앞에
엄마의 눈초리 부드러워지고

주홍글씨 같던
오줌싸개란 별명 지워졌다

시 한 줄 쓰다가 뜰에 나오자
달빛이 추상화 한 점
흥건히 그려내고 있다

오줌싸개 원피스

마당에 널어놓은 빨래들
송홧가루 삼켰는지 노랗게 웃고 있다

그 날은 하늘도 나도 노랗게 물들었었지!
새로 산 물 청색 원피스 들고
고집부리면 중학교도 안 보낸다는 엄마

돼지비계 몇 점 넣고 끓인 김치찌개가 유혹했지만
목구멍에 자물쇠를 채우며
작정하고 속을 썩였다
설익은 열무김치처럼
낯빛이 푸르딩딩 변하는 엄마 보며 내심 기뻤다

수학여행과 원피스 놓고 갈등하는 사이
어느새 내 손에 들려 웃는 물 청색 원피스

– 하룻밤이니 보내지
– 날마다 오줌 싸는 애 친구들 놀림감 돼유

내 몹쓸 병 때문에 아버지 목소리 흙담을 넘고
엄마는 뼛속까지 젖어있었다
옆집 친구 돌아오면 새 옷 자랑하며
소풍은 자주 가잖아, 말하려 했으나
뒷산부터 미끄러져 내려온 어둠이
별들을 불러올 때까지 친구는 오지 않았다

들녘에 어둠이 내리고
그 어둠 밟고서야 젖은 눈 비비며
슬며시 엄마 곁에 누웠다

다음 날
세계지도 한 장 빨랫줄에 널려
오늘처럼 노랗게 웃고 있었다

꽃신

장맛비 오는 철길
엄마를 부르며 발 동동 구르던 일곱 살 꼬마
그 철길 너머 먼바다
빗발 속 검푸른 바다는 무서운 상어 떼였다

빛바랜 외증조할머니 쌈짓돈
학용품 사 쓰고 공부 잘해야 한다
갈매기가 물고기 낚아채듯
엄마 손에 들려 숨죽인 지전 한 잎

학용품 대신 내 꽃신이 되어
완행열차 선반에 올려놓은 걸 깜박 잊고
빈손 잡고 내렸던 날

기찻길 옆
뒹구는 가난으로 난전 펼친 행상들
새벽빛 밀어내고 홰치는 수탉들처럼 요란했다.

물간 생선 흥정하던 엄마
기적 소리에 그만 깜짝 놀라
열차에 다시 뛰어올라 보퉁이 집어 던지고
달리는 열차에서 뛰어내렸다.

찢긴 보퉁이 틈
얼굴 내밀며 웃고 있는 꽃신 뒤로
쏴쏴 먼 바닷소리 밀려오고
내 울음 잦아들 때쯤

낯선 사내 부축받으며 절름절름 돌아온 엄마
꽃신과 바꾼 엄마 발목에는 진분홍 복사꽃 피었다
치자나무 껍질 붙여 칭칭 동여매고
절름대던 걸음 사이로
삼복도 맥 놓고 지나갔다

지금도 내 안에는
꽃신 한 켤레 복사꽃으로 피어있다.

그림일기

동네 개구쟁이들
약속 없이도 모이는 장소
어느 조상의 무덤가

성미 급한 별들이 나오는 시간
출출한데 복숭아 서리 가자
몇 놈들 사이에 낀 개구쟁이 소녀

허기진 초승달처럼 우리의 뱃가죽도
그달을 닮아있었지

금세 쓰러질 것 같은 원두막
풋복숭아 털처럼 머리칼 허연 할아버지
곰방대 물고 해소 기침 연신 하더니
모기장 안으로 들어가신다

철조망 밑으로 전원 낮은 포복
명주 치마 뒤집어 허리춤에 묶다 올려 본 하늘
구름에 잡혔다 풀려난 달빛
키득키득 웃고 있다

몇 개 따서 치마폭에 넣는 순간
ㅡ 웬 놈들이냐
너무 놀라 풋복숭아 내 던지고
철조망에 치마 발기발기 찢기며 나온 소녀

민중의 지팡이 경찰관 아내가 되어
시침 뚝 따며 살아온 세월
곰삭은 그리움이
알몸으로 서쪽 하늘에 걸려 있다

대숲은 푸른데

유년의 부푼 꿈이 자라던 집
시간이 멈춰 선 자리마다
이끼꽃 두텁다

담벼락 군데군데 바람구멍 메운
아버지 거친 손자국이
지문처럼 남아
희미해진 기억들 불러 세운다

빨갛게 핀 채송화가
땅따먹기하던 동무들 웃음소리로
들리는 옛집

가난에 눌려 허리 펴지 못하던
내 유년의 허기진 그림자가
저만치에서 나를 뚫어지게 쳐다본다

장독 뒤 수런대는 대숲은 푸른데
엄마의 체취는 간 곳 없고
세월이 주저앉은 흔적마다
메마른 눈물 자국이다

보랏빛 연서

잔물결 이는 작은 연못
햇살의 꼬리 잡고
사랑놀이하던 물잠자리 한 쌍
보라색 부레옥잠 그늘 속으로
몸을 감춘다

그 아이
손에 쥐여 주었던
보랏빛 쪽지 한 장
– 저녁에 몰래 만날래
달빛 잠들면 연못으로 나와

하늘 사다리 타고 올라
알밤 털 듯 은하수 털어
네가 오는 길에 뿌려 놓고 싶었던 밤

연못에 수를 놓던 별들도
깊이 잠든 밤

네 그림자는 끝내 보이지 않고
울음이 되어 버린
보랏빛 쪽지가
새벽 별 옷고름 속으로 몸을 숨겼다

책 속에 난 길

거울 속에 비친 사람이 낯설어
잠깐 숨 멈추던 시간
일렁거린 뒤란 대나무 숲에서
참새 떼가 유년의 기억 불러냈다

명주 저고리 소맷부리
콧물 닦아 반질반질한 어린 소녀
주춧돌 위 봉숭아 꽃잎 몇 장 콩콩 찧다가
그만 긴 그림자에 놀라 뒤 돌아다보니

봉숭아 꽃물만큼이나 붉은 석양
산등성이에서 미끄러져 내려와 있다
그제야 엄마가 내주신 숙제 생각에 허둥지둥

– 이년 놀지만 말고 방 걸레질해 놓고 마당 깨끗이 쓸어놔
요강 부셔놓고 보리쌀 담가놓고

제 키보다 큰 신우대로 만든 대빗자루 들고
지렁이 똥 싸듯 끌고 다니다가

하늘로 엉덩이 번쩍 들고 마루에 물 질질 바르는
걸레질 몇 번 왔다 갔다 하다
빨래터에 앉아 가난 방망이질해댔다

쌀겨로 만든 거친 똥 비누 거품에
방울방울 맺혀 떠내려가던 여린 한숨
표백 비누 한 장 변변히 못 사고
볏짚과 쌀겨 끓여 만든 저질 잿물 비누로
어린 손은 거칠게 변해가고
마음속은 영양실조로 버짐 허옇게 번져가고 있었다

내세울 것도
자랑스러운 것도 없던
숨찬 언덕배기
늘 나 혼자였다

모진 비바람 속
스스로 문 열지 않으면 열어줄 사람 없었던 적막
그때 만난 연인 같은 도서관

책 속에 난 길들이 살아가는 법을 가르쳤고
그 길 속에
푸른 숲, 새소리 물소리 들꽃 바람이 친구 되어 나를 키웠다

날마다 선물 같은 시어를 물어다 준 그 길
그 길에선 모두가 낯익은 얼굴들이다

봉선화

손톱에
물들여 놓은
한 송이
붉은 연정

첫눈 내릴 때까지
손톱 끝 초승달로 떠 있으면
첫사랑 만날 수 있다는데

까까머리 그 아이도
기다리려나 첫눈

그리움
적당히 섞인
꽁꽁 숨긴
그 이름

전지하던 날

덧댄 가난
미장원은커녕
번번한 미용가위가 없어
붉게 녹슨 고추 자르는 가위로
내 머리를 숭덩숭덩 자르던 엄마

부끄러워 학교 못 간다며 발 구르던
쥐 파먹은 단발머리
삐뚤빼뚤 잘려나간 머리칼
마당에 수북이 쌓이고
햇살 아래 내 눈물
하얗게 소금 꽃으로 필 때

오랫동안 가슴은
몹쓸 가뭄에 갈라진 논바닥이었지

우거진 가지를 솎아내지 않으면
꽃도 열매도 얻을 수 없기에
내 마음 솎아내듯
곁가지 잘라내던 하루

엄마, 쥐 파먹은 머리
한 번만 더 깎아주세요 하며
올려다본 하늘가
창백한 낮달이
혼자 울고 있다

연정(戀情)

첫눈 오는 날
열어 본 졸업앨범
색 바랜 흑백사진
어렴풋한 기억 속 모습

첫눈 내리는 날
은행나무 아래서 만나자 했던
까까머리 그 아이

강산이 여섯 번 바뀔 때까지
약속은 거리를 떠돌았다

아직도 그 약속 유효한지
쿵쿵거리는 붉은 심장

사랑은
가슴 속 서로 다른 슬픔을
홀로 키우는 꽃이란 걸
알았다

석류

여름내 앓던 몸살
더는 견딜 수 없어
풀어헤친 앙가슴

신열로 타올라
알알이 붉어진 속살

한 알 한 알
루비 알로 떨어질 때마다
자꾸만 떠오르는 첫사랑

그 아이 붉은 눈망울

우시장 국수

엄마 산소 다녀오는 길에
새우젓 살까 하여 들른 광천시장

광천읍 오일장이면
우시장 바닥에서 국수 말아주는 아주머니
터질 듯한 실한 엉덩이
금방 건져 올린 국숫발처럼 흔든다

푸른 바다를 휘젓던 멸치 몇 마리
바닷속 너풀너풀 춤추던 다시마 몇 잎
땡볕처럼 매운 고추 송송 썰어
한바탕 끓이고
간장 한 숟가락 찌그려주면
먹어도 먹어도 배고프던 그 맛

헐렁한 셔츠 안에는 파도처럼 출렁이는 젖무덤
국수를 먹으러 왔는지
젖무덤 골에 흐르는 땀방울 보러 왔는지
삐걱거리는 평상에 앉을 자리 없어도
땅바닥이라도 좋다는 늙은 웃음들 흘리던 그곳

그 밤 그 달빛

아버지는 왜 어린 나를 그곳에 데리고 갔을까
지금도 장바닥을 떠도는 물음이다

오늘은 간판 걸린 광천장터에서
흩뿌리는 비바람과
흙 묻은 장바닥 안부를 말아서
국수 한 그릇
추억처럼 후루룩 넘겼다

매콤한 향이
목에 걸릴 때마다
목울대 뻐근해지는 그리움

제 2 부

흐르지 않는
강물처럼

엄마

진달래꽃 여러 번 피고 지고 나서
큰맘 먹고 딸내미 집 오신 엄마

– 너는 사위 옆에서 자라
나 코 골아서 너 잠 못 잔다

노을 삼킨 달빛이 굽은 등에 내린다
야윈 어깨 위 켜켜이 쌓인 시간
마디마디 아픈 몸 허공 짚고 가고
돌아누운 등줄기 위 쏟아지는 별빛 너머
반짝이는 성근 백발
곡조 없는 숨소리에 내 가슴 저미는 밤

생강나무 꽃 노랗게 웃고 있던 날
홀로 가신 아버지 그리다
애먼 달빛만 흘겨보며 눈썹 젖는 엄마
그 곁에 소리 없이 누워
나도 먼 눈빛 하늘이 된다

그 밤 그 달빛

아버지 목소리

처마 밑 줄줄이 엮어 걸었다
긴 주름치마 닮은 무시래기

찬바람 할퀴고 갈 때마다
바스락바스락
자꾸만 짧아지더니
미니스커트가 되어있다.

– 야 이년
무우 다리 허옇게 내놓고 어디 가
그러다 얼어 죽어

바람결
지금도 들려오는
아버지 목소리

나팔꽃 어머니

○ 2022학년도 전국 방송통신고등학교 학예경연대회 시 부문 금상

– 그간 속 더부룩했는데
네가 끓여준 녹두죽 맛있게 먹었다
먼 여행길 어찌 알고 속 편한 죽을 끓였다냐
나팔꽃 속에서 어머니 목소리 들린다

순간
병원에서 걸려온 전화벨 소리
어머니 구부러진 손가락으로 심은 나팔꽃들
홀로 먼 여행길 떠나신다며 줄줄이 전해준 말

먼저 떠난 지아비
이삼 년 후 뒤따라가리라 매만지던 영정사진
그 자리 지문 마르지 않았는데
서녘 하늘 별 하나 지고 있다

시집오던 날부터 사십 년 함께 보던 분홍 나팔꽃
칠 남매 외 종부 매운 시집살이
가슴 아픈 적 많았지만
동네 며느리 열 하고도 안 바꾼다던
어머님 믿음이 나를 키웠다

그 밤 그 달빛

새벽
산딸나무 타고 올라 소리치는 나팔꽃
– 여기 좀 봐유 동네 사람들 잘 놀다 갑니다
나 없어도 우리 애들 잘 봐줘유

퉁퉁 부은 절름발이로 그 먼 곳 어찌 가시려나
푸른 산 돌고 돌아
행여 산딸나무꽃 만나면 저를 본 듯 쉬어 가세요

오늘은 사십구재
이승에서의 마지막 여행길
나팔꽃 술잔에 소곡주 올립니다

몽당비

헛간 구석진 자리
가슴팍 까맣게 곰팡이 핀 세월

얼마나 오랜 날 끌려다녔는지
닳아 없어져 버린 엉치뼈
뼈대만 남은 자존심 꼿꼿하다

내다 버리면 또 그 자리
구십 평생 놓지 못한 미련
슬며시 구석에 세워놓고
며느리 곁눈질하는 어머님

– 너도 늙으면 별수 없어
느슨히 매듭 풀리면 사람이나 빗자루나
길 내고 바람 들어앉는 거여

그리움보다
더 단단한 뼈대로 남아
회한으로 뒤돌아본 시간

노을 한 장 넘길 때마다
추억 한 장 쌓아두던 흰 달빛
숨어드는 바람에
오늘따라 더 시려 보이는 너

아버지의 바다

◯ 2022년 보령 해변시인학교 전국 자작시 낭송대회 금상

오롯이
혼자 이고 싶어 찾아온 보령 백사장

썰물에 휩쓸려가는 여름날의 이야기들
뾰족한 구두 발자국에 콕콕 박힌다

물비늘 출렁일 때마다 눈 시린 바다
젊은 날 기억들 오늘도 통통배 타고 온다

아버지의 막걸리가
눈가에 이슬비로 젖는 날이면
자전거 뒷바퀴에 대천 앞바다가 실려 있고
장이 파할 때까지 팔려나가지 못해
눈이 벌겋게 충혈된 물간 생선 몇 마리
언덕배기 함께 넘어왔다.

막걸리 한 사발 노래 한 곡조,
허리춤에 묻어온 석탄 때 국물도
숨 헐떡이며 따라와 밥상에 둘러앉았다

그 밤 그 달빛

간드레 불빛에 의지한 성주 탄광 갱도
검은 고양이처럼 눈만 반짝였던 당신
짙은 회색 그림자 한번 도려내지 못하는
허름한 무지와 가냘픈 연륜의 내 아버지
사 남매 울타리 지키는 끝없는 바다였고
다가설 수 없는 수평선이었다

어느 날,
검은 진주 밭에 붉은 동백 꽃잎 울음처럼 토해냈다
삶과 죽음의 환승역에서 주름진 생 흔들며
그날 바다는 밤새워 울부짖었다

붉게 탄 석양이 그물에 걸릴 때
발자국마다 콕콕 차인 그리움을 백사장에 묻고
아버지 그림자 서려 있는 어판장에 들러
눈먼 생선 몇 마리 바닷물에 담가 왔다

바다는 가스레인지에서 부글부글 끓어 넘치고
내 눈물은 마구 서해로 퍼져 나갔다
아버지의 녹슨 자전거도 헛간 발치에서
홀로 눈물에 젖고 있다

첫눈처럼

오빠가 보내온 조카의 시 한 편 속에서
겨울 갈대의 울음소리가 들린다

첫눈처럼 찾아온 작은 생명
꿈처럼 내렸다 사라진 아기집
초음파 사진 속 빛나던 샛별 한 점
텅 빈 어둠 속
눈물로 떠났다는

십오 년,
낯설고 먼 이국땅 하늘
한결같은 가족들의 바람
아들이든 딸이든
목숨처럼 기다렸었지

조카의 울음소리 우우 서럽게 들린다

잎과 꽃 열매도 잃고
겨울 강가에 맨 발로 서있을 그녀
혀 깨문 작은 입술로
산다는 건 속으로 우는 것임을 배우겠지

언제든 하늘이 문만 열어주면
어둠마저 환해지는 첫눈처럼
우리에게 또 그렇게
축복받은 한 생명 내려오겠지

불면의 바다

◯ 2021년 보령 해변시인학교 전국 자작시 낭송대회 은상

휘영청 흐드러진 시린 달빛
허락 없이 방안 깊숙이 눕는다

오늘따라 유리창에 하얗게 핀 서리꽃
내 유년의 기억도 하얗게 핀다

찌그락 탁 찌그락 탁 고단한 베틀 소리
모시 한 필에 울고 웃던 울 엄마
아버지 잦은 기침 소리 가까워지면
호롱불도 흔들렸다

간드레 불빛에 의지한 성주 탄광 갱도
폭파 작업에 두 손가락 잃고 폐병까지
날마다 갯가에는 빈 소주병 뒹굴며 울고
나는 아버지 젖은 그림자를 마중 나갔다

술에 취한 건지 바다에 취한 건지 흔들거리며
또 주막 쪽으로 발길을 돌린다

도리짓고땡 몇 판에 월사금 날아가고
원수 같은 주막집 술 도가니에 빠져
논배미 한 뼘씩 야금야금 물어뜯기고서야
베잠방이 이슬 털며 돌아오는 아버지
그 큰 입으로 내 고등학교 교복을 삼켜버렸다

그러기를 삼십여 년
엄마 눈물 팔아 장만한 논 섬지기
다 말아먹고도 모자라
요양병원 흰죽 한 숟갈 기다리며
마지막 심지로 타는 여리고 초라한 아버지

없는 논에 쟁기질한다며 보채시더니
검불 같은 육신 물꼬 따라 흘러가셨다

그렇게 외돌아 떠밀린 시절
처마 끝 고드름으로 길게 맺힐 때
제 그림자 안고 돌아가는 달빛에
속눈썹 젖는 새벽 별 하나
불면의 바다에 신화 같은 그림 한 점 남겼다

울 아버지

하늘 멀리 저편
나 또한 그곳에 오르고 나면
잊을 수 있을까

마른 눈물에도
소금 꽃으로 피는 당신

얼룩진 세월
인연의 줄로 묶인 설움에
시커멓게 뚫린 가슴

당신 떠난 빈자리에
내가 갇혀 웁니다

첫눈

왜
이렇게 늦었느냐고
한바탕 소리소리
지르려 했지만

눈밭에 하얀 발자국처럼

어머님 소식
가지고 왔을 거란 믿음에

꾹
참기로 했다

봄비

명주실 같은 비가 내린다
그곳도 꽃이 피었는지요
이곳은 빗물 고인 자리마다
봄이 고여요

언제나 다리가 셋이던 등 굽은 엄마
달빛 베고 잠든 간병인 차마 깨우지 못하고
헛디뎌 발아래에 떨어져 누운
주름진 꽃잎

아흔다섯 해
굽은 세월로 앞장서서 걷던
엄마의 지팡이
길 잃고 헤매다 내 품에 안긴 날

– 내 생각해서 사부인께 잘해드려라
말만 양념 딸이라 하고
에미 노릇 못하고 늘 네 짐만 됐다

속울음 같은 봄비 그치자
남루한 불빛처럼 희미해져 가는 뒷모습
앞서가는 엄마의 발자국 따라 걷다가
속눈썹에 맺힌 봄비

하루

마른 장작 같은
새우등의 구순 노모 두고
소나기 한바탕 춤추고 간 날이면
하루 한 뼘씩 마디 키우는 잡범 바랭이와
줄다리기 한 판에 벌렁 넘어지고
촉법소년 같은 애꿎은 애기땅빈대
호미로 지질지질 긁어댄다

아들 내외 돕는다고
밭고랑에서 넘어져 다친 허리 때문에
가시방석 깔고 앉은 듯
늘 좌불안석이신 엄마

땡볕 등에 업고
불덩이 가슴에 안고 하루를
씨름하다 풀린 맥박
깊은 골 인기척이라곤
낑낑대는 강아지와 당신 한숨 소리

하루를 연신 파내다가
막내아들 퇴근 소리에 그만
놀라 집어 던진 호밋자루

석양도 깜짝 뒷걸음질한다

흐르지 않는 강물처럼

석양빛에 초경 치르듯
잎 떨군 감나무 가지
붉게 걸린 바람

양계장에 걸어둘 호야등불 켜는 아버지
사래 긴 묵정밭 이랑에 앉아 이삭 줍다가
어둠 발목 감으며 돌아오던 어머니

오일장 북새통에
새벽 별도 봄나물이고 지고
서성거릴 때면

달걀 팔아
빛바랜 전대, 구멍 뚫릴 때까지 마신 막걸리
난전에서 월사금 마련하려던 어머니
아버지 권주가 소리에
먹구름 뒤로 내뱉는 절규

베틀로 가난 짜고 또 짤 때
허물어진 흙담 기대어
파란꿈 꾸던 단발머리

날마다 들려오는 권주가 소리에
하늘 무너져 내리고
구멍 숭숭 뚫린 가슴에
시린 찬바람만 꼭꼭 들어찼다.

지금도 멀리서 들려오는 권주가 소리
내 안에 흐르지 않는 강물이다

애증

점심시간 그녀와 찾은 야채 샤브집
채소 바구니에 얼룩지고 뜬 깻잎 한 장
– 어머 얘는 버려야겠다 누렇게 떴네

하루를 접는 노을빛 육수에
종이처럼 얇은 쇠고기 풍덩 풍덩
핏물 가시기 전 꿀떡꿀떡 삼키며 하는 말
– 고기도 씹어야 제맛이고 인생도 씹어야 제맛이지

가을바람 채근에 꺼내놓은 사연
그녀의 이 사이에 낀 핏물만큼이나
쏟아 놓은 속내
평행선 같은 고부갈등이다

사십여 년 고부 살이
그녀만큼이나 멍들었던 나

이별 후
독주보다 더 독한 그리움
퍼낼수록 더욱 고여 드는 슬픔
사랑은 보낸 후
더욱 아픈 깨달음인 것을
두 눈에 돋보기를 쓰는 날이 오면
그녀도 알게 될 것이다

누렇게 뜬 깻잎 한 장 차마 버릴 수 없어
석양빛 육수에 담그며
그녀를 올려다본다

제 3 부

고목에 핀 청매화

시 한 편

가을벌레들의 항변 소리 가늘어지고
어둠을 시침질하는 노을 너머
눈썹 검은 저녁이 걸어오고 있다

떨어질 열매조차 몇 개 없는
장독대 옆 늙은 감나무
쭈그러진 얼굴로
바람 붙잡아 세운다

시 한 편 쓰려고
가슴 긁어대다가
묵은 눈물 한 방울
자판 위에 똑 떨어진다

계절은 시들시들 죽어가고
흘러간 것들은 다시 올 수 없기에
여름을 뜨겁게 달구던
매미 소리는 미리 꺼 두었던 시간
풋 냄새 나는 시 한 편 속에
내가 까치밥으로
걸려 있다

부추꽃

지난해
꽁꽁 언 발로
홀로 먼 길 떠나시던 어머니
그리워 나와 본 뒤 뜰

만삭의 몸 푸는 달빛에
깊숙이 묻어 둔 내 속내
하얗게 풀어 놓는 밤

하늘 창 살짝 여시고
모시 올 고운 홑적삼 입고
내려오신 어머니

너울춤 한바탕 추고 가신 자리
뒤란 텃밭에
부추꽃이 하얗게 피었다

고목에 핀 청매화

▮ 방통고 신입생입학식 축시

교실 창밖에 두런거리는 소리가 들려 문을 열었다
고목이 된 매화나무 희망 빨아올리는 소리에
용봉산 엉덩이 들썩이고 있다

겨우내 햇살이 몰고 온 말들 낱낱이 귀에 담아두었다가
새 인생 출발점에 선 입학식 날
홍성고 뜰에 하얗게 풀어 놓았다

몽글몽글 부푼 젖빛 꽃망울 터트리는 청매화 옹알이
수많은 시간 풍상 겪으며 얻어낸 깨달음의 언어
응달에서 막 뛰어나와 하얀 꽃잎 터트리며 웃고 있다

2년 전
찬연한 부활 꿈꾸던 날을 잊을 수가 없다
꿈마저 잠이 든 시간
청매화 매운 향기에 이끌려
두려움 반 설렘 반으로 가슴 뛰던 입학식
미완의 화폭 위에 다시 붓을 든 부활의 함성

꽃봉오리 이름표 매달고
교정에 첫발 내디딘 그대들이여 두려워 마세요
우리 비밀화원이 여기입니다

해마다 우리 곁에 봄은 오고 또 알싸한 청매화꽃도 피고
내일을 향한 앙가슴 열린 교실은
희망 꽃 지천으로 피어나는 하늘 정원
바로 우리 세상 여기가 낙원입니다

이제 교실 창밖이 조용해졌습니다

춘삼월 목련꽃 피우듯

▎ 2023년 방통고 졸업 축시

치장하지 않아도 좋은 봄날
용봉산 아래 자리한 품 넓은 교정
목련나무 가지 끝
겨우내 보내온 털이 숭숭한 잿빛 봉투
주렁주렁 달려 있다가

춘삼월 입학식
가지 끝 매달린 뜯지 않은 사연
일제히 수 백송이 하얀 꽃 등불 켰다

뿌리로부터 꽃물을 밀어 올리던 그 쓰고 매서운 시간
덧댄 가난 속 절망을 키우던 나날
푸른 하늘에 나 하나만의 눈물 나무 심으며 다짐했지
모든 건 버릴 수 있어도 배움의 끈은 놓을 수 없다고

꽃부터 피우고 잎을 피우는 목련처럼
이제 막 꽃봉오리 열리는 임들의 발자취에
꽃등이 되어 가시는 길 비춥니다

시린 겨울 이기며 핀 꽃이었기에
더욱 당당하고 아름다운 임이시여
앞서가는 걸음마다 스무 살 내 첫사랑처럼
사랑의 꽃으로 피어나 천지가 환해집니다.

어둠이 깊을수록 더 반짝이는 별빛 따라
새로운 길 향해 꿈꾸는 임이여
순백의 반듯한 여백 위에
시작이란 낱말 다시 쓰는 임이시여

오늘은 새 연미복 입고 온 까치들마저
목련 나뭇가지에 앉아
임 가시는 길목 길목을 응원하고 있습니다

가시는 길마다
춘삼월 하얀 목련꽃 피어 열리듯
피 끓는 가슴 안에
황금꽃 심 꼭 안아 들고 찬란하게 꽃 피우소서

꽃비

유혹하는 연분홍 홑치마
음표로 내려앉는 봄날
바람이 꼬리 칠 때마다
화르르 쏟아지는 꽃비

벤치에 앉은 노부부 머리 위
하얀 꽃 피고
낡은 무릎 덮어 주고 있는 노을마저
화관을 쓰고 있다

살아온 시간 보다 남은 시간이 많지 않음에
꽃잎 몇 장 주어 들고
– 버리고 나면
너처럼 가벼워지려나
안으로 되새겨보는 물음

이렇게 꽃비 내리는 날은
엄마 당신은 어디에도 없고
나만 촉촉이 젖네요

등꽃

잦은 바람 불어오는 오월
짙은 살 내음
해죽대는 농염한 여인의 향기

영정굴 주막거리 은숙 엄마
보랏빛 비단 치맛자락에
넘나들던 한량들
닳고 닳은 문지방

비단장사 하는 엄마 배알도 없는지
배추포기처럼 쌓아놓은 아버지 막걸리값 대신
보랏빛 비단 한 필 던져주고 오신 날
달 보며 밤새 눈물 흘리셨지

그 자리
해마다 등꽃이 타래로 줄지어 피었지
아픈 가슴은 다 보랏빛이었지

백작약

작약꽃 흰 접시 위에
노란 계란 후라이
지글지글 잘도 익고 있네

당뇨병으로 치아 다 빠지고
잇몸으로 우물우물
계란 후라이 잘도 넘기시던 아버님

정원 한 번 제대로 걸어보지 못하고
겨우내 창문 너머 짝사랑하시더니
계란 후라이 닮은 흰 작약꽃이
아버님 웃음으로 피어있네

별에서 날마다 왔다 가시는지
잎 떨군 자리마다
만개한 잇몸
오늘따라 더 눈부시네

찔레

검버섯 짙어진 익은 봄
아흔다섯 울 엄니
베 옷 한 벌 장만했네

삼백예순날 기도 때마다
어루만진 아버지 흑백사진
그 찍혀진 지문 사이
하얀 맨발로 떠나셨네

홀로된 설움에 뿌려진 내 속울음
뭉텅뭉텅 하얀 찔레로 피어나고
오월 한 달 가슴 저리는 향으로
나 홀로 언덕 위에
긴 그림자로 서 있네

하얀 찔레꽃

○ 2019년 김소월 전국 자작시 낭송대회 금상

창호지 문 기웃거리던 아침 햇살
하얀 옥양목 이불에 내려앉는다

홑청 위 밤새 금빛 지도 그려 놓고
벽장 안에 숨어 흐느끼던 아이

엄마의 부지깽이 앞에
핑계 탑처럼 쌓아 올려야 하는
그 두려움에 떠는 철부지
약한 몸 탓이라며 감싸 안던 아버지

키 쓰고 소금 받으러 가는 길가
다지다지 피어있는 하얀 찔레꽃은
방울방울 떨어지던 내 눈물이었다

키 위에 퍼붓는 소금 소나기 맞고 사립문 들어서니
빨랫줄에 널린 옥양목 홑청이 뽀얀 얼굴로 너울댄다
때 절은 앞치마에 애써 눈물 감추시던
홑청 뒤 작은 그림자도 함께 젖었다

이제
가냘픈 외줄기로 남은 등 굽은 백발
아흔네 해 동안 다 내어주고도 모자라
환갑날 팔아 쓰라며 빼주신 금가락지 석 돈
서랍 속에서 울음 참는 법을
혼자 익히고 있다

부지깽이 하늘 높이 들고 소리치다가
눈물 훔치던 그림자
오늘은 뽀얀 옥양목 홑이불 위에
마알간 햇살로 꽃 피어있다
한 무더기 하얀 찔레꽃으로

구절초

음악다방 쉘부르
마른 구절초꽃 한 다발

영평사 절 마당 가득
구도자의 염원처럼
피어있던 꽃

장군산 입구
표지판을 대신하며
하얗게 웃고 있었던 그 꽃

가끔 너로 인해
가슴 저려오던 미세한 떨림
오늘은 너를 불러
인연의 여울목마다
다시 피어나게 하리라

꽃무릇

어쩌나
훔쳐간 입술
뼛속까지
타는 불

메꽃

긴 장마
숨어 울던 메꽃 한 송이
틈새 비집고 들어온 햇살 앞에서
어리광부리고 싶은 날

나루터 배 들어오는 날이면
열무, 봉퉁아리 참외, 땡볕에 늘어진 쪽파 몇 단
찌그러진 양은 대야에 이고
생선 꼬랑이와 물물교환하러 간 엄마

둠벙 가
인동초 감고 오른 메꽃
엄마 발소리에 입 오므렸다

– 또 메꽃 따서 개미 불능 겨
거기 빠지면 죽어 이년아
아직도 생생한 엄마 목소리

생선 바꾸러 하늘로 가신 아흔다섯 엄마
백일이 지나도 오지 않고
메꽃 한 송이 따서
오요요 오요오
불러본 엄마

봄꽃

머뭇거리지 말아요
칼바람 속에서 키운 가슴
속 깊은 이름이에요.

하늘거리는 춤사위
부끄러워하지 말아요
시리고 처절했던 고독
아무도 눈치채지 못할 거예요

쪽빛 하늘
살랑대는 햇살 걸음으로
노래 불러봐요

그대 눈웃음에
천 년 바위도 눈을 뜬답니다.

머뭇거리지 말아요
솔직해야 향기로워요

자목련 낙화

네가 유난히 예뻐 보여
눈물 나던 날
너의 떠남을 난 먼저 알았어

시샘하던 칼바람에
자주 저고리 뜯긴 솔기

네가 써 놓고 간 사연
절대로 잊지 않을게

꽃비로 쓴
사랑했었노라는
붉은 초서체

미나리꽃

여름내
낮 두꺼운 햇살
미나리꽝에서 엉덩이 내놓고
사랑놀이하더니

부끄러워 실눈 뜬 그리움
속울음으로 키우다가
맑은 기다림 하얗게 터트렸다

밤새 달빛 내려와
배냇저고리 지어 입혔는지
웃음꽃 잔치다

꽃잎 허리 펴는 시간
까무룩 졸고 있던 어두운 밤 저쪽
은하수 줄지어 내려온다

꽃등 밝힌 만학도

이십 년
엄마 밥 먹고

사십 년
밥하는 여자

육십 년 뿌리내린 나무
옹이마다 깊이 박힌 사연
말간 이슬 삼키고 토해낸 한숨
진물 되어 쌓아 올린 탑

내 울타리
지킴에 여념 없던 나날
여리던 두 나무 굳건히 뿌리내려
버팀목으로 섰다

나는 왜 쉽게 꿈을 접었을까
다시 오지 않는 살빛 푸른 계절
왜, 왜 그래야 했을까

가장 낮은 곳에 묻어 두었던
접힌 시간 펼치며 등에 멘
책가방

용봉산 기슭
방송 통신 부설 홍성고등학교 입학식
고목이 된 목련 나무에 하얀 꽃 등불 켰다

주중, 반지르르한 아이들 웃음 유리창에 성해 꽃으로 피고
주말, 늙수그레한 웃음 교실 천장에 매달려 대롱대롱

행간마다 글 꽃 줍고
갈피마다 꿈 키우며
희망 꽃 피우는 그 길 향해
오늘도 책가방 싸는 만학도

민들레

꽃 필 때
몰랐던 이별

텅 빈 가슴 되고야
솜털 같은 하얀 날개
그 자유로움이
절망 중에도 희망이었다는걸 알았습니다

부는 바람에 맡긴 여정
언제 어디서
어떤 인연이 될는지 모르지만
이젠 울음과도 작별입니다

꽃바람

해마다 사월이면
목련 개나리 진달래 벚꽃 라일락
순서를 잃지 않고 피고 지고 했었다

코로나로 19금이 해제되자
들녘에도 그 소문이 돌았는지
기다렸다는 듯 봄이 한꺼번에 몰려와
꽃들의 반란 시작됐다
동네가 아우성이다

겨우내 죽어 자빠졌던 풀도 일어나고
지나가던 바람까지 합세해
마을 근동까지 꽃불 번졌다

첫봄을 알리던 매실은
배꼽 내밀며 해죽거리고
수선화 장발 머리 헝클어지고
낮술 거나하게 취한 술패랭이
꽃바람 속에 제정신 아니다

붓꽃

남몰래
훔쳐만 보다
내 눈빛
마주친 날

낯부끄러워
도망가다가
입술 파랗게 질린
낮달 보았다

맨드라미

울 엄마
제일 좋아한 닭벼슬 꽃
양계장 철조망 둘레
해마다 붉은 사랑 심으셨다

달그림자 속에 마음 켜놓고
조금만 연하게 살자
가슴 쪼개 내던 마음

징용 간 남편에게 전하지 못한
애틋한 이야기

이젠 알아요
내 살 속에 심어놓은 혼불
징하게도 검붉은 사연이란 걸

작약

햇덩이
삼켜버린 달
왈칵 토한
붉은 피

흑장미

붉다 못해
응어리진 검붉은 저 핏빛

속 뼈까지 훤히 드러난 그리움
초록빛 혈서 쓰던 여름

마지막 정열
덧난 그리움 모아
겹치마 걷어 올리며 유혹한다

바람도 그만
한 눈
질끈 감았다

제 4 부

우리 삶 아직도

언약

돌아누운 등과 등 사이
똬리 틀고 앉은
곰삭은 세월이 쿨럭거린다

몰아 드는 냉기에
머리끝까지 끌어 올린 솜이불
돌돌 말리자
깨어나는 젖은 시간

복사꽃 음표로 내려앉던 봄날
살짝 푼 귀밑머리
귓불 붉힌 어린 신부
침 발라 뚫은 창문에
보름달 키득대던
부끄러웠던 기억 새롭다

다이아몬드 광산째 사줄 듯
속삭이던 언약에
눈멀고 귀먹었던 시간
덧칠한 언약이 한 장 한 장 넘어갈 때마다
파꽃 닮은 속 빈 웃음꽃
마당 한 귀퉁이 가득 피어 있었다

먹물 찍어 그려 놓은 지두화
허연 난초이파리 사이로
빛나던 햇살처럼
반짝이는 다이아몬드 목걸이
안경 쓰고 다시 보니
성근 백발만 반짝반짝

오늘도 늑골 사이 시린 바람만이
내게 길을 묻는다

내 삶은 아직도 미완성

낮달이 졸고 있는 하늘이
뜨락으로 내려온 시간
폐포에 찬바람이 들어앉았는지
오늘따라 그의 숨소리 거칠다

폐렴 연중행사가 시작되려나
내 가슴에 출렁이는 강물 소리
지난해 뜨다 멈춘 미완성 털목도리
옷장에서 꺼내
나약한 내 속 다독이듯
다시 뜨기 시작한다

씨실 날실이 교차하며
한 코 한 땀씩
행복 무늬를 만든다

덤벙거리다가 한 코 건너뛰고
한 돌림 뜨다 다시 푸는 시간
한 번쯤은
뒤돌아봐야 보이는 코 빠짐

얽히고설킨
거미줄 같은 인생사
내 삶도 여전히 미완성

홀로 외로운 섬

파도가 자분자분 자라는 바다
생의 아침을 건너온 갈매기 떼

바다를 닮을 수 없었던
창백한 걸음으로 찾은 곳

철썩철썩
쪽빛 넓은 가슴을
한없이 내어주는 보령 앞바다

불어 터진 국숫발처럼 뚝뚝 끊긴 인생길
사랑이란 미명으로 목에 채워진 끈
가슴에 묻어 둔 애련의 시어들이
울음으로 밀려왔다 하얗게 부서진다

용서와 결별의 갈림길
붉은 눈물 쏟고 달려와도
무릎 꿇리고
다 토해내고 다 용서하라
서슬 퍼런 그 한 마디

모래톱에 걸터앉은 닻에 묶인 난파선
이도 저도 못하는 생과 사의 경계
슬픈 사랑의 의성어로 부딪쳐 오는 파도
휘청거리다 또 한순간 부서져 내리는 자아

평생
홀로 외로운 섬으로 남아 있을지라도
오늘 밤,
네 가슴에 핏빛 동백꽃으로 피고 싶다

쪽빛 바다에 신화 같은 붉은 사랑 하나
깊이깊이 묻어 두고 싶다

끈

간밤
먹구름 한입 베어 먹었는지
시절 잊은 차가운 봄비

마을주민 거점 사업 견학 가는 날
모처럼 그와 함께 나서는데
철도 모르고 날뛰는 봄바람

등불 하얗게 밝힌 산 목련 아래
날개옷 입은 하얀 배꽃이 떨며 서 있다

대숲 바람 서걱서걱 울던 밤이면
에일 듯 시리던 가슴
희망도 꿈도 없이 끈에 묶여 끌려다니던 푸른 날
발버둥 치면 칠수록 조여오던 목줄

빼 버리려고 애쓰든 젊음
무수한 세월의 행적인가
끈이 느슨해졌는지
헐렁해진 목줄이 이젠 오히려 낯설다

관광버스 유리창에 비친
젊은 끈 주인 보이지 않고
어르신 한 분 힘없이 끈 쥐고
하얀 웃음 흘리는 저녁
날뛰던 철부지 바람도 까무룩 졸고 있다

바보

아픈 멍울 한 덩이
그냥 삼켜 버리고는
왜 가슴이 아픈지 모르는

자존심 하나
하늘 높이 깃발 세우면서도
그리움 앞에서는
그만 무릎 꿇고 마는

시어 땜에
날마다 가슴 긁어대다가
죽은 듯
살아있는 몸 하나

호수

쪽빛 호수에
풍덩 빠져 버린 산
자맥질하는 물오리 떼만이
고요를 더해 주고 있다

햇살이 애무하던 잔물결도
허기진 시간
산 그림자로 밀려와 파닥이는 저녁놀
길 잃은 바람이
내 시린 가슴에 파고들어 똬리를 튼다

오늘 밤
개켜놓은 두꺼운 솜이불
그리움으로 덮어볼까

부부

손빨래로는 엄두가 나지 않아
때 절고 얼룩진 옷들
강력 표백 세제 잔뜩 풀어 넣고
세탁기 돌렸다

생각 없이 던진 말들이
시퍼렇게 물들고
한 번쯤 접어 두면 좋았을 얘기들
눈물 자국처럼 번져 있는
세월에 찌든 때가
하얗게 빠질 때까지
돌리고 또 돌리고 싶었다

거름망에 응어리처럼 뭉쳐있는
젖은 오물들을 꺼내 들었을 때
싫든 좋든 우리는
너와 내가 둘이 아니고
하나임을 알았다

구겨지고 색 바랜 옷들
다시 손질하던 밤
별빛이 환하게 창문을 두드리고 있다

동행

깜박대는 외눈박이 형광등
찌르레기처럼 우는 밤
늑골에 걸린 신음 소리
창백한 새벽이 올 때까지
겨울 대숲을 흔든다

짙은 남색 제복이 잘 어울리던 경찰관
을지훈련 비상 걸린 날
잡아탄 택시
물에 빠져 허우적거리는 달빛 건지려 했는지
운전기사는 그 날
달빛 푸른 강물 속에
남은 생을 묻고 말았다

하늘의 살피심인가
왼쪽 늑골 아홉이 제곱 되면서
허파 반쪽을 잃어버린 당신
수술 후, 생마저 자꾸만 한쪽으로 기우는지
균형 잡으려 애쓰는 몸짓에
나도 절뚝거렸다

오늘처럼 비가 내리는 날이면
거친 숨소리가
온 집안을 흠뻑 적셨다
살아 주어서 고맙고 고맙다
돌을 씹으면서도 견뎌 내자고
울음보 달린 가슴을
한없이 쓸어 담았다

사십여 년이 지난 지금도 달빛은
금강물 푸르게 흐르는데
당신 얼굴에 늘어난 주름진 세월 뒤에서
눈물 닦듯 날마다 써 본
동행이라는 두 글자

약속

가을 하늘 채근에 못 이겨 나선 걸음
계룡 저수지 둘레 길
호수에 누워있는 가을 하늘에
펑퍼짐한 구름 한 덩이
돌맹이 하나 던져 물수제비 만들어봐도
눈 하나 끔쩍 않고 코까지 곤다
날마다 보는 익숙한 그림이다

목화 농사 삼 년 지어
솜이불 두 채 만들어 시집보낸다는 엄마

– 그때까지 얌전히 있어 이년

철없이 날뛰다 잡혀
목화 농사 한 해 못 짓고
신접살림 차린 스무 살 철딱서니

꽃봉오리 채 피기도 전
별 따다 줄게
호수에 낚싯대를 담그며
허풍 치던 사내
사랑이란 이름으로 채운 목줄

찌를 콕콕 건드리던 물고기가 물고 갔는지
환갑이 넘도록 호수에 떠도는 약속
자박자박 걷는 달덩이 닮은 몸
호수에 누운 뚱뚱한 구름 닮아간다.

개꿈

달빛에 박꽃이 하얀 이 내놓고 웃던 밤
배가 아파 화장실로 달려갔다

음산한 뒷간 삐걱대는 나무 발판
제대로 발 올리지 못하고 있을 때
찍찍 잠자리 뺏긴 생쥐의 반란에 놀라
변소에 그만, 한 발을

악몽에 시달리다 눈을 뜨니
창문에 대롱대롱 매달려
키득키득 웃고 있는 반달

입 함봉하고 찾아간 복권방
거금 만원
메기 닮은 입 큰 주인에게 바치고
더하기도 빼기도 어려운
숫자 쪼가리 두 장 들고 와서는

아들, 딸 전화해서 밑도 끝도 없이
너희 얼마 필요하니 맘껏 불러봐
숨 안 쉬고 터질 듯 크게 불어놓은 풍선
우리 공동 명으로 건물 사자
– 뭐야 엄마 로또라도 됐어요

그날 밤
옥상에서 돈다발 하얗게 쏟아져
건물 주인이 되어 행복해할 때

순간, 펑 터져버린 풍선 조각이
피 융, 총알처럼 하늘로 튀어 오르자
와르르 한꺼번에 무너져 내리던 세상

이른 봄날

톡 솟은 젖꼭지처럼
겨우내 앓아누웠던 기억들을 긁어모아
꽃봉오리로 매달은 설중매
화단에 쪼그리고 앉은 어린 손자 앞에
햇살도 기웃기웃
흙 만지는 고사리손 위
말간 웃음꽃 피어난다

아직은 모두가 서툰 몸짓
마른 나무 끝
펴지지 않은 조막손

봉숭아꽃 물들일 날 기다리는 손자와
초록 바람 급히 부르는 할머니 앞에
옹기종기 모여드는 봄소식

손주

울어도 예뻐라
사계절 지지 않는 꽃

휴대전화 속 주인공
바라만 보아도
세상이 다 내 것

내 주름살 펴주는 사랑 꽃
세 송이

난타

삶이 가벼울 때는
무게 잡고 어깨 힘주며
록이나 댄스 음악에
몸을 흔들던 나

사는 일 버거워지고
쓴맛 단맛으로 나잇살 채워지더니
어느 사이 입속에서 흘러나오는 트롯
오늘의 화두는 미스터 트롯이다

식탁 위 놓인 죄 없는 빈 그릇
젓가락 난타에
날마다 뭇매 당한다

다채로운 비트에 엇박자도 박자다
신명 붙은 내 젓가락 허공에서
막춤을 출 때

－ 사람이 뉴스를 봐야지
남편의 목소리 내 정수리 때려도 무시
손에 꼭 쥔 리모컨
그 날은 뉴스, 드라마 통과
티브이 속 정령과 한통속 되어
닥치는 대로
때려 부수는 몰아지경

굿거리장단에
작두를 탄 무당이
따로 없다.

머리 흔드는 남편 어깨너머
보랏빛 엽서 한 장
함께 작두를 탄다

어린이날

– 오월은 푸르구나 우리들은 자란다
변성기 와서 목소리 걸걸대는 손주 녀석들
만12세 마지막 어린이날이라며 애교부리는 막내
용돈 큰 거 한 장씩 받고서
으아리꽃보다 더 환한 웃음 날린다

손주들과 찾은 베트남 쌀국수집
분짜, 고이꾸온, 후띠에우
음식 이름도 생소하지만 줄서기까지 하며
먹을 쌀국수 맛은 아닌데
장대비 속에 긴 줄 의아하다

딸아 너는 엄마처럼 일찍 시집가지 마라
추억 없이 어린 나이 힘들다 그토록 말했건만
대학교 졸업과 동시
구름 위 달 업혀 가듯
뼛속까지 서울 놈에게 빼앗기고
저는 좋아 죽고, 나는 억울해 죽고

홀몸으로 서울 좋다며 올라가더니
어느새 시커먼 남자 놈 셋을 달고 내려와
엄마 밥맛이 최고라며 조잘댄다

덩치 크고 미끈한 서울 사위
바람이 흘리고 간 사연 주워 모아
가지마다 꽃을 피우는 사업
흐드러진 봄이다

딛는 걸음마다
웃음을 안겨주는 손주들
– 오늘은 어린이날 우리들 세상
푸르른 세상 훨훨 날아가려무나

제 5 부

그 섬은
날 기억할까

죽비소리

해마다 시월이면 세종시 영평사는
구절초 향으로 온산이 몸살을 앓는다

축제 기간
무료로 주는 잔치국수 먹으려고
긴 줄이 뱀처럼 똬리를 틀고 서 있는 모양새다
부끄러워 그냥 돌아설까 하다
한 그릇 받아들고 조용한 곳 찾았다

바위틈 꽃향기 한번 변변히 피우지 못하고
가냘프게 피어있는 꽃 한 송이
어제의 비밀스러운 기억 하나
감추고 사는
어느 여인의 주름치마처럼
한들한들거리고 있다

그때 법당에서 들려오는 서늘한 죽비소리
― 버려야 하느니라 버려야 사느니라

입으로 후루룩 들어가던 국숫발 툭 끊기고
구절초도 놀라 고개 외로 꼬았다

마을 길 단장

담벼락에 흰 구름 그려 넣자
초록 바람 불어온다

흰 구름 옆에 붉은 작약 그리자
꿀벌 한 마리
꽃 속에 파묻힌다

작은 창문가에 기웃대는 눈썹달 옆
잔별 가득히 서성이고
단발머리 흰 카라를 꿈꾸던 골목길

풋사랑 눈 맞추다가
평생 눈멀어버린 나처럼
꽃 속에 스며들던 꿀벌 한 마리
그만 날갯짓 잃었다

까치밥

하늘이 파랗게 웃고 있는 날
초산으로 산고 치른 여린 감나무

감출 줄 모르고
쿵쿵 나대는
천둥벌거숭이 산모 같더니

날마다 가슴살 발라내며
모질게 살아온 세월 끝

어느새
까치밥으로 남겨놓은
붉은 정 하나

그만 툭
가을 하늘에 노을로 떨어진다

봄소식

지금은
입덧하는 중
온 천지
울컥울컥

그 섬은 날 기억할까

아들딸 손주들과
함께 떠난 여름휴가

귓전 가득
파도 소리 베고 잠들었던
바위섬 죽도

밤새 혼자 울던 바람도
새벽에 떠나고
해조음으로 철썩이던 바다는 지쳐있었다

아이들 웃음소리
파도에 통통 튀며 밀려가고
물안개의 휘장 저 너머 동틀 때까지
합방을 풀지 않던 하늘과 바다

밤새 빈 소주병 휘파람 불고
소라 껍데기 속에서 코 골던 주꾸미로
술국 끓이는 아침

그 밤 그 달빛

손등 간질이는 햇살 따라
갈매기 떼 합창 소리
요란하던 남당리 작은 섬

육지의 끝단은 언제나 애증으로 출렁이고
썰물이 한 발짝씩 발자국 낸 다음에야
비로소 젖은 치마를 올리던 죽도

퇴기처럼 밤새 울고 웃던 여인
그 섬은
날 기억할까

겹벚꽃 지던 날

옆집 뒤란
내 창가에 살짝 기댄 늙은 겹벚꽃

목련 떠나보내고
허전한 창가에 찾아와
함께 웃자던 너

족두리 쓴
수줍은 신부 볼처럼
불그스레한 얼굴

질투하는
계룡산 산바람 앞에
우우 알몸으로 떨었지

너를 만나고부터
분홍 옷을 좋아했지

꽃잎 지천으로 떨어지던 날
첫사랑 이별처럼
울어대던 네 울음소리
밤새 들렸지

시 한 수 건진 날

시냇가 수초 더미에
은빛 요강 닮은 어항 묻었다
꽃간다리* 월척을 꿈꾸며

피라미 몇 마리
된장 맛만 보고 잽싸게 튄다

하얀 구름 한 덩이
냇물에 목욕이라도 한 듯
뿌옇게 흐려진 어항
눈치 없는 거머리 녀석
애꿎은 유리창만 핥는다

진종일
걸리지 않는 꽃간다리

그만
어항을 들어 올리는 순간
서녘 하늘에 붉은 잉어 한 마리
어항으로 쏙 들어갔다

월척이다

---

* 무지갯빛 나는 물고기

일몰

저녁놀
바다에 누운 시간
아직도 풀무질하는 불꽃으로
달구고 있는 바다

부서지는 파도에
속울음을 배워버린
갈매기 떼

불덩이 하나
바다에 빠트리고
눈만 껌뻑껌뻑

입춘

젖멍울
터질 듯 아파지는 걸 보니
청매화 벙그나 보다
달 뜨면
살짝 열어볼까

긴 겨울
작별의 길목에서
그리움 빗질하는 봄바람

유리창 너머로
매운 내 솔솔 나면
청매화 저고리 벗는 중이니
구경들 오시구려

콩나물

구석진 골방
검은 보자기로 덮어놓은
콩나물시루

무슨 죄를 지었는지
맹물 한 바가지에
전 생애 걸었다

제대로 숨 쉴 수도 없는
빽빽한 공간
끝까지 살아남아야 한다는
처절한 몸부림

실오라기 하나 없는 알몸이
전혀 부끄럽지 않을 때

눈부시게 열린 보시의 아침
높고 낮음이 저마다 다른
노란 음표들의 까치발

어두운 절망까지도
지금은 사랑할 일이라며
물 위에 그리는 악보들

이월(二月)

복수초
노란 속치마
너만 봐
한눈 감고

동틀 무렵

밤새 어둠으로 붙잡혀 있던
달과 별들이
이제야 자유로워진다

구름 사이 빼꼼히 얼굴을 내미는
수줍은 햇살
산과 들녘은 사립문 훤하게 열어 둔다

더는 오염되지 말아야 할 우리의 터전
솟아오르는 해가
산천에 수(繡)를 놓는다

가을 편지

눈을 뜨나 감으나
바람결에도 묻어 있는
기다림

날이 갈수록
짙어지는 선명한 빛깔은
멀어짐의 인사인가

갈바람에 흔들리는
갈 무늬 잎새

행여
하얀 무서리 내리면
차디차게 식어 버릴까
울긋불긋 써보는
가을 편지 한 통

석류꽃

저 여인
홍등 켜놨네
슬며시 푼
옷고름

불면

아버지
신음 소린가
마루 끝
빈 소주병

해설

속눈썹에 걸린 새벽 별

- 이훈식 (서정문학 발행인 · 시인) -

속눈썹에 걸린 새벽 별

- 이훈식 (서정문학 발행인 · 시인) -

　김배숙 시인의 두 번째 시집 발간을 진심으로 축하드린다. 그간 젖은 가슴으로 삭히며 숙성시켜왔을 시어들이 세상을 향해 그 존재를 드러나게 되었다. 일상에서 얻어진 기쁨과 슬픔을 다 버리지 못하고 원고지 빈칸에다 혼을 담고자 했을 산고에 만감이 교차할 것 같다. 자신만의 시집을 갖는다는 것은 시인이라면 누구나 한 번쯤 꿈꾸는 소망이다. 시인은 자기가 인식한 사유의 세계를 오직 자기만의 상상력과 자기만의 독특한 시각의 언어로 무에서 유를 창조해 내는 위대한 창조자이다. 시인은 시적 대상을 그저 시적 도구의 피사체(被寫體)로만 인식하는 게 아니라 시적 대상이 주는 의미를 내재화시켜 새로운 가치로 재생산해 내는 고도의 작업이다.

　다시 말하자면 시적 대상을 연륜을 통하여 투영해 보면서 남과는 다른 색깔로 남과 다른 무늬로 낯설게 하는 작업이다. 그런 면에서 보면 시인은 시적 상상력을 통해 낯섦을 낯익음으로 만들어 내는 남다른 문학적 재능을 보여주고 있다. 그간 안으로만 담금질한 시어들이 굴곡진 삶의 마디마디마다 뼈대로 세워져 있음을 본다.

동백꽃 피던 때부터 흘린 내 눈물
뭉텅뭉텅 하얀 찔레꽃으로 피어나고
문풍지 떨던 엄마의 신음 소리
약해질 때쯤

약 상자 곁
내가 이름 지어준 별들 내려와 웃고 있었다

오늘 밤 내 무릎 위에 내려온 달빛
그 밤 그 달빛일까

－「그 밤 그 달빛」中

옆집 친구 돌아오면 새 옷 자랑하며
소풍은 자주 가잖아, 말하려 했으나
뒷산부터 미끄러져 내려온 어둠이
별들 불러올 때까지 친구는 오지 않았다
들녘에 어둠이 내리고
그 어둠 밟고서야 젖은 눈 비비며
슬며시 엄마 곁에 누웠다

다음 날
세계지도 한 장 빨랫줄에 널려
오늘처럼 노랗게 웃고 있었다

–「오줌싸게 원피스」中

우거진 가지를 솎아내지 않으면
꽃도 열매도 얻을 수 없기에
내 마음 솎아내듯
곁가지 잘라내던 하루

엄마 쥐 파먹은 머리
한 번만 더 깎아주세요 하며
올려다본 하늘가에
창백한 낮달이
혼자 울고 있다

–「전지하던 날」中

위에 시를 보면 적나라한 일상의 표현들이 참으로 맛깔스럽다. 시인의 시의 뛰어난 점은 일상어를 시어로 다듬을 때 억지로 꾸미지 않고 가난하면 가난한 대로 어눌하면 어눌한 대로 그 이미지를 덧칠하지 않고 간결한 사유로 삭힌 절제된 언어가 가슴을 파고든다.

"동백꽃 피던 때부터 흘린 내 눈물/뭉텅뭉텅 하얀 찔레꽃으로 피어나고/문풍지 떨던 엄마의 신음 소리/" '내 눈물이 찔레꽃으로 피어나고 문풍지로 떨던 신음 소리'라는 표현들은 오랜 습작시간이 있음을 보여주기도 하지만 타고난 재능의 산물이다.

"다음 날/세계지도 한 장 빨랫줄에 널려/오늘처럼 노랗게 웃고 있었다/" 나의 흑역사가 우리의 흑역사로 비칠 때 독자들은 작가의 입장이 되어 함께 웃고 함께 우는 것이다

"엄마 쥐 파먹은 머리/한 번만 더 깎아주세요 하며/올려다본 하늘가에/창백한 낮달이/울음처럼 걸려 있다/" 낮달을 창백한 울음으로 의인화시킨 시어가 잠자던 우리의 상상력을 일깨워 주고 있다. 시는 작가의 몸 안에서 침전되어 있던 사유가 어느 날 소재와 충돌했을 때 불같이 토해내는 용트림이다. 시어 하나하나에 시인의 애증의 숨결이 녹아 있다.

없는 논에 쟁기질한다며 보채시더니
검불 같은 육신 물꼬 따라 흘러가셨다

그렇게 외 돌아 떠밀린 시절
처마 끝 고드름으로 길게 맺힐 때
제 그림자 안고 돌아가는 달빛에
속눈썹 젖는 새벽 별 하나
불면의 바다에 신화 같은 그림 한 점 남겼다

- 「불면의 바다」 中

이별 후

독주보다 더 독한 그리움

퍼낼수록 더욱 고여 드는 슬픔

사랑은 보낸 후

더욱 아픈 깨달음인 것을

두 눈에 돋보기를 쓰는 날이 오면

그녀도 알게 될 것이다

누렇게 뜬 깻잎 한 장 차마 버릴 수 없어

석양빛 육수에 담그며

그녀를 올려다본다

- 「애증」 中

시인은 소재가 주는 이미지를 자기화시키면서 시라는 수틀에다 빈 틈없이 박음질할 줄 아는 시인이다. 시인의 시는 언어의 과소비 없이 사유의 그 너머 숨겨진 언어를 찾아내어 중의적 표현으로 확대하고 있음을 본다.

"처마 끝 고드름으로 길게 맺힐 때/제 그림자 안고 돌아가는 달빛에/속눈썹 젖는 새벽 별 하나/불면의 바다에 신화 같은 그림 한 점 남겼다/" 불면을 두고 표면적인 사유에 머물지 않고 원관념은 숨긴 채 바다라는 보조관념을 통해 사유의 내면까지 들여다보는 작업이 아주 신

선하다. "누렇게 뜬 깻잎 한 장 차마 버릴 수 없어/석양빛 육수에 담그며/그녀를 올려다본다/"

시 작업은 소재를 객관화시킨 자리에서 머물지 않고 소재가 주는 의미의 그 합일점이 무엇인가를 찾아내는 것이 시인이다. 그런 의미 면에서 보면 시인의 시는 소재를 육신화(incarnation) 시키면서 미세한 떨림의 부분까지도 놓치는 법이 없다.

시인은 시 안에서 창백한 달이 되고 별이 되고 바다가 되고 꽃으로도 피어난다. 우주의 주인이면서도 늘 한발 물러선 자리에서 되새김질한 언어로 행간을 메우는 작업 그게 시인이다. 그래서 혹자는 시인의 길을 천형(天刑)의 길이라고까지 했다. 시는 머리로 쓰는 게 아니고 가슴으로 써야 한다. 시인은 은유와 함축이 근간이 되는 시에서 의인법(擬人法)을 잘 활용하고 있다. 의인화를 알면 시는 반쯤 써진 것이란 말을 알고 쓰는 시인이다. 그만큼 시에서는 소재의 특징을 잡아 의인화시키는 작업은 결코 쉽지 않다. 오랜 습작 기간이 필요한 부분인데 시인은 잘도 구현해 내고 있다.

가냘픈 외줄기로 남은 등 굽은 백발
아흔네 해 동안 다 내어주고도 모자라
환갑날 팔아 쓰라며 빼주신 금가락지 석 돈
서랍 속에서 울음 참는 법을
혼자 익히고 있다

부지깽이 하늘 높이 들고 소리치다가
눈물 훔치던 그림자
오늘은 뽀얀 옥양목 홑이불 위에
마알간 햇살로 꽃 피어있다
한 무더기 하얀 찔레꽃으로

– 「하얀 찔레꽃」 中

겨우내 죽어 자빠졌던 풀도 일어나고
지나가던 바람까지 합세해
마을 근동까지 꽃불 번졌다
첫봄을 알리던 매실은
배꼽 내밀며 해죽거리고
수선화 장발 머리 헝클어지고
낮술 거나하게 취한 술패랭이
꽃바람 속에 제정신 아니다

– 「꽃바람」 中

시는 어느 장르보다도 삶의 연륜이 필요하다. 가장 함축된 언어로
삼라만상을 이야기하고 인생을 말하기 때문이다. 젊은 날에 시가 반짝
이는 상상력이나 현란한 기교로 즐기는 단계라면 삶의 질곡 속에서 애

증과 별리의 아픔을 알게 되는 나이가 되면 억지로 꾸민 화장보다는 민낯의 발가벗은 진솔함이 오히려 감동을 가져다줄 때가 있다.

"부지깽이 하늘 높이 들고 소리치다가/눈물 훔치던 그림자/오늘은 뽀얀 옥양목 홑이불 위에/마알간 햇살로 꽃 피어있다/한 무더기 하얀 찔레꽃으로/" 늦도록 오줌싸개라는 별명을 들어야 했던 시인은 지나온 삶의 한 부분을 가감 없이 보여주며 지나간 세월의 아픈 기억들을 시어를 통해 스스로 위로하고 있음을 본다.

"겨우내 죽어 자빠졌던 풀도 일어나고/지나가던 바람까지 합세해/마을 근동까지 꽃불이 번졌다/" 시인의 시는 일반적으로 표출되는 회의나 좌절 혹은 소외의 정서보다는 긍정적이고 적극적인 성품이 시어의 행간을 채우고 있다 감추지 않고 드러내고자 하는 그 진정성에서 시가 한층 더 생동감으로 다가온다. 시인은 소재의 주관자이면서도 객관 자 시각을 가질 때 애증이나 집착에서 벗어나 세상의 양면을 바라보며 생명에 대한 존엄성과 삶의 숙명을 겸손히 받아들이게 될 때 시가 꽃 중의 꽃이 되는 것이다.

씨실 날실이 교차하며
한 코 한 땀씩
행복 무늬를 만든다

덤벙거리다가 한 코 건너뛰고
한 돌림 뜨다 다시 푸는 시간

한 번쯤은
뒤돌아봐야 보이는 코 빠짐

얽히고설킨
거미줄 같은 인생사
내 삶도 여전히 미완성

– 「내 삶은 아직도 미완성」 中

거름망에 응어리처럼 뭉쳐있는
젖은 오물들을 꺼내 들었을 때
싫든 좋든 우리는
너와 내가 둘이 아니고
하나임을 알았다

구겨지고 색 바랜 옷들
다시 손질하던 밤
별빛이 환하게 창문을 두드리고 있다

– 「부부」 中

위에 시에서 시인은 실뜨기를 통해 얻은 깨달음을 여성의 섬세한 감성으로 펼쳐놓고 있다. 낯선 시간 속 홀로 사는 존재가 아니라 내가 거

듭나야 한다는 명제를 시어로 한 코 한 땀씩 펼쳐내 놓고 있다.

　"거름망에 응어리처럼 뭉쳐있는/젖은 오물들을 꺼내 들었을 때/싫든 좋든 우리는/너와 내가 둘이 아니고/하나임을 알았다/" 가정을 꾸려 나간다는 것은 바로 부부관계이고 부부관계는 오직 부부만 아는 비밀의 영역이다. 세탁기를 비유로 그 감성을 이입시키고 있는 시인은 살아 낸다는 것은 어려운 질곡 속에서도 정체성을 잃지 말아야 한다는 명제를 우리에게 슬그머니 시어로 내던져놓고 있다. 시인은 완전한 존재로서의 인간이 아니라 서로 채워주며 더불어 살아야 한다는 것을 눈물보다 더 진한 애정으로 그려내고 있다.

　　목련 떠나보내고
　　허전한 창가에 찾아와
　　함께 웃자던 너

　　족두리 쓴
　　수줍은 신부 볼처럼
　　불그스레한 얼굴

　　질투하는
　　계룡산 산바람 앞에
　　우우 알몸으로 떨었지

　　　　　　　　　　　　　　　-「겹벚꽃 지던 날」中

날이 갈수록
짙어지는 선명한 빛깔은
멀어짐의 인사인가
갈바람에 흔들리는
갈 무늬 잎새

행여
하얀 무서리 내리면
차디차게 식어 버릴까
울긋불긋 써보는
가을 편지 한 통

– 「가을 편지」 中

시인의 시 세계를 살펴보면 남보다 늦게 출발하였으나 시를 대하는
진솔한 감성과 언어 감각이 삶의 무게처럼 내재 되어 있음을 본다. 일
상의 언어를 시어로 택한다는 것은 쉽지 않다. 연과 연 사이 행간과 행
간 사이에 무엇을 은유로 숨기며 어떻게 함축할 것인가를 두고 시인은
피를 마릴 때가 있다.

"목련 떠나보내고/허전한 창가에 찾아와/함께 웃자던 너//족두리
쓴/수줍은 신부 볼처럼/불그스레한 얼굴/" 시인의 시는 요즘 난해한
시하고는 거리가 멀다.

자신의 정서를 나타낼 수 있는 소재를 찾아 끊임없이 노력하는 시인의 시의 텃밭은 바로 첫째는 자기 자신이고 둘째는 자연과 우리 삶의 다양한 모습과 이야기들이다. 시인의 시어는 세상 밖이 아니라 우리가 몸담은 이 세상을 서정적으로 노래하고 있다.

　"행여/하얀 무서리 내리면/차디차게 식어 버릴까/울긋불긋 써보는/가을편지 한 통/"

　화려한 미사여구나 어지러운 색채를 멀리하고 이야기하듯 담아낸 진솔한 표현들이 너무 정겹다. 하이데거는 '언어는 존재의 집'이라고 했다. 그 사람이 쓰는 언어는 곧 그 사람의 사유라는 의미를 지니고 있다. 시도 마찬가지이다. 갈고 닦고 되새김질한 만큼 써지는 게 시이다. 그래서 시는 작가의 눈높이이다.

　시는 티끌 한 점 부끄러움이 없는 향기이며 그리움의 원천이고 사랑이 동력이다. 시는 모든 사물과 인식의 발상이며 사랑하는 시각으로 세상을 보고 사랑이라는 정서로 모든 걸 끌어안고자 하는 사람들의 파라다이스이다.

　시인의 시의 모태는 유년의 그리움이며 가난했지만, 어머니 아버지의 사랑이 잉태한 시이다. 그 사랑의 형태와 빛깔을 숙성된 자기만의 언어로 노래하고 있기에 누구나 쉽게 공감하며 그 정서에 빠져들게 한다. 시인의 시는 제목만 다를 뿐이지 시의 기저(基低)에 숨은 언어는 본능에 가까운 원초적 그리움이다.

　시 속에서 화자로 나타나는 시인은 과거와 현재라는 거리가 가슴 안에서는 바로 오늘이요 내일이다. 단 한 번도 저버릴 수 없었던 향학열은 60대 중반인 지금 방송 통신 홍성고등학교 3학년 졸업을 앞둔 만학도로서 평생 공부한다는 일념으로 내년에 국어국문과 입학을 꿈꾸고 있는 시인의 열정은 시 낭송가로서도 그 빛을 비추고 있음을 본다. 이 세상에 많은 인연과 하찮은 존재들까지도 그 이름표를 달아주고자 하는 시인의 모습에서 그간의 땀과 눈물의 단면이 고스란히 보인다.

짧은 식견을 가지고 시인의 시 세계를 살펴본다는 것이 쉽지 않은 일이다. 시 한 편에 우주가 담겨 있는데 시 몇 편을 가지고 시인의 시 전체를 논한다는 것은 한계가 있을 수밖에 없다. 하지만 시를 논하면서 내 안에 가라앉은 생각들을 정리할 수 있는 좋은 시간이었기에 너무 마음이 뿌듯하다.

창의성 학자인 육근철 물리학박사가 시조의 종장형식을 넉 줄로 재배열하여 창안한 정형시, 언어는 짧고 침묵은 하염없이 긴 15자의 응축된 언어로 생략과 압축의 진수로 번개처럼 뇌리를 때리는 『작은 귀쫑긋 세워』로 첫 넉줄시 시집 상재 후, 두 번째 시집을 세상에 내놓는 설렘에 앙가슴을 여미고 있을 시인에게 하고픈 말은 현재에 안주하지 말고 더욱 정진하여 문향 깊은 시인으로 우뚝 서기를 기원해 본다.